遇到一隻送子鳥

管家琪◎著 米力◎圖

播下美好品德的種子／管家琪

由於去年《影子不上學》、《不可思議的一天》、《東東和稻草人》三本「品德童話」受到很不錯的回響，今年我們再接再厲繼續推出《毛毛蟲過河》、《最豪華的機器人》和《遇到一隻送子鳥》這三本圖文書，希望大家都會喜歡。

所謂「品德童話」，就是在每一個童話中都有一個中心思想，而每一個中心思想都是一個良好的品德。我們並不想刻意地「為教育而教育」，板起臉來道貌岸然的教訓小朋友，我們只想用圖文並茂的方式來悄悄的感染小朋友。

如果說讀一本書就能對孩子產生多麼大又多麼好的影響，無疑是非常誇張的，甚至可以說是非常狂妄的，更何況培育孩子主要仍然是要依靠家庭教育和學校教育，不過，期望孩子能受到一點點好的感染卻應該還是有可能的吧。

　　就在我寫這段文字的時候，從報上讀到一篇報導，美國新任總統也是美國有史以來第一位非洲裔的總統歐巴馬表示，英國畫家瓦茲的畫作《希望》曾讓他深受震撼和激勵，歐巴馬認為這對他的一生有著巨大的影響；現在很多人寄望歐巴馬做「林肯第二」，也能成為一個偉大的總統，而影響林肯至

深的則是十九世紀美國作家斯陀夫人一部現實主義傑作《黑奴籲天錄》（又名《湯姆叔叔的小屋》）……古今中外許許多多的例子告訴我們，文學藝術所能產生的感染人心的力量，有時確實是相當驚人的。

「寓教於樂」一直是教育的最高境界。對於我們每一個兒童文學工作者來說，如果在享受創作的同時，也能不忘這一追求，善盡一份社會責任，關心孩子們的成長，那將是一件多麼美妙的事。

孩子的童年是多麼地重要，我們希望能在孩子這個至關重要的階段，播

下一顆顆美好品德的種子，隨著他們慢慢長大，希望這些小小的種子能悄悄發芽，在無形之中引領著他們成長為一個正派高尚的人。

　　沒有什麼比「做一個好人」來得更可貴的了！在孩子們長大以後，不管他們會從事什麼樣的工作，在社會上哪一個崗位奉獻他的心力，只要他有良好的品德以及正確的價值觀，他都會是一個有用的人，也自然能得到大家的敬重，否則就算是表面上一時再怎麼風光成功，一個無德之人終究還是一個失敗者，也必定還是會遭到世人的唾棄。

鼓勵孩子做一個溫暖的人／管家琪

「愛」這個字，在字典中有「喜歡」、「親近思慕」、「親慕的情緒或人」、「珍視」、「兩性相傾慕」等好幾種意思，還有一種特別崇高的意義，那就是「仁」。

也就是說，雖然我們常說「仁愛」，實際上「愛」本身已經有了「仁」的意思。

「愛」也有好多種，父母師長對孩子們的慈愛，孩子們對父母師長的「敬愛」，手足或同窗之間的友愛，我們對寵物的疼愛和寵愛，以及對陌生人、對大自然的關愛等等。「愛」說起來似乎很抽象，實際上卻像空氣，無所不在。

甚至，有多少罪惡也總喜歡打著「愛」的旗幟，假借著「愛」的名義來進行，但這種現象恰恰也反應出「愛」確實是一切的基礎，具有無比強大的力量。有了愛，就能激發很多高貴的情操，也能產生很多動力。

　　就愛的層次來說，愛親人一般是比較自然的，愛自己所熟識的親朋好友也比較容易，但要能夠把愛擴散出去，對萬事萬物都能有一顆柔軟的仁愛之心則是比較困難的。然而，如果我們能以身作則，然後用各種方式來激發孩子的仁愛之心，鼓勵他們做一個時時不吝給予他人和大自然溫暖的人，那這個世界一定就會陽光得多也可愛得多。

英雄和壞蛋的差別／管家琪

卡通、漫畫和電影電視中總有一些一天到晚都在為了維護世界和平而奔波忙碌的英雄。讓我們來想想看，要成為這樣的英雄，需要具備哪些必不可少的條件？

是不斷推陳出新的裝備？一身了不得的功夫？最尖端的科技？⋯⋯

你有沒有想過，其實這些都還只是其次，英雄和壞蛋最關鍵的差別到底是什麼呢？⋯⋯

應該是──英雄總有一顆仁愛之心吧！

就是因為有了這種仁愛精神，英雄們總是有一種發自內心的惻隱之心，不忍看到別人受苦受難，總是拚盡全力希望為別人（往往還都是非親非故）解決某種困難，或不計個人一切犧牲代價也要阻止某種災難的發生。

　　如果我們能擁有這種仁愛之心，可貴的善念就會時時充盈在我們的心中，然後自然而然地驅使我們去做很多好事，做一個好人。

世界充滿愛的能量／米力

milly

　　2007 年底，米力第一次嘗試電視劇《命中注定我愛你》的繪製，第一次開會時，米力說：「ㄟ……沒辦法要求我畫很複雜又難懂的圖喔！我只會畫很簡單的畫面喔！」對方說：「不會不會！我們要那種很簡單的幸福感而已……」

　　畫的很艱深的插畫，感覺繪者的肩頸很酸痛，一點也不輕鬆起來！

所以，我一樣喜歡用簡單的圖像和技法來表達。

後來，那種簡單的幸福感畫面。果然和劇情很搭！此劇非常受到歡迎喔～

接著米力又開始嘗試幫幼獅文化繪製《我的壞毛病》一書，同樣的表現方法，簡單而亦淺顯的圖畫陪襯著文字。一樣受到市場的好評！

讓米力對自己這樣的風格，越來越覺得信心十足！

2008 年底，這是米力第一次繪製給小朋友的書《遇到一隻送子鳥》，一面懷著送給我兩個小孩的禮物的心情，一面很開心又有了一個新的經驗！

看著看著此書，米力的畫面就是飛翔在像糖果般的天空中的超級大鳥，以及她愛雞婆的個性！

傳遞著愛的種子……散播在人間！讓世界充滿愛的能量！

米力希望傳達簡單舒服的幸福感，就像躺在棉花糖裡的溫柔甜蜜！

希望妳也能感受到此書的魅力呢！

遇到一隻 送子鳥

這是發生在不久以前的事。

不過，我得從奶奶過世的那個時候開始說起。

奶奶是在一天夜裡過世的。我們不知道奶奶過世的確切時間，因為她在前一天晚上臨睡前還好好的，還陪著我和妹妹看了一會兒的卡通，可是第二天早上媽媽注意到奶奶沒有照常起床，去她房裡看看時，才發現奶奶已經離我們而去。

多年來奶奶的身體一直非常健康，除了偶爾一點小感冒，從來就沒有什麼大毛病。她顯然是在睡夢中安然辭世。大人都說只有最有福氣的老人才能夠走得這麼安詳，沒有痛苦。

就在兩個月以前，我們剛給奶奶過了八十五歲的生日。那天，家裡

好熱鬧，大部分的親戚包括在美國的大伯和在日本的二伯都趕回來了。真沒想到在這麼短的時間之內，家裡又擠滿了人，只是氣氛和上次完全不同，這一次家裡是瀰漫著一種濃濃的悲傷。

從好幾年前開始，印象中我不只一次聽奶奶說過，說她已經活夠了，說她的一生非常幸福和充實，老天爺可以隨時來帶她走，還開玩笑地說希望老天爺可別忘了來帶她走……可是當她真的走了，我們都很傷心。

大人一邊安慰我們，教我們不要難過，說奶奶是高壽，辦喪事時都不用白色，而要用紅色，可是他們說著說著一邊也還是忍不住地一直在抹眼淚。

大家都愛奶奶，大家都捨不得奶奶。

那天上午，家裡好多人，大家都好忙，媽媽叫我帶著妹妹待在房間裡，不要讓妹妹在外頭到處亂跑瞎搗蛋。

「奶奶呢？我要奶奶。」妹妹嚷嚷著。

這個小笨蛋，什麼也不知道。

我學著電視劇裡的台詞告訴她：「奶奶在睡覺。」

奶奶看起來真的很像是在睡覺。

「那等奶奶起來我們再一起看卡通？」

「好啊。」我有氣沒力地胡亂應了一聲。

那天是禮拜天，通常禮拜天上午如果沒有出門，奶奶都會和我們一

起看卡通。

「為什麼家裡來了這麼多人？」妹妹又問。

「我也不知道，反正妳別廢話了啦，玩妳的洋娃娃吧。」

「我要妳陪我玩。」

「我現在不想玩，我們來玩『格列佛』好了。」

於是，我躺在地板上當巨人，妹妹拿著好幾個洋娃娃在我身上爬上爬下，還把我的兩條辮子當成是繩梯。

媽媽說妹妹還小，先別跟她說太多，慢慢再跟她說。事實上我也真的不想說。我的意思是，我不想說「奶奶死了」這四個字，也許——我

還存有一絲幻想吧，多麼希望這一切只是一場夢，奶奶還有可能會好好的，我很害怕如果我說出了那四個字，奶奶就會真的再也醒不過來了。

我愈想愈難過……

不騙你，我有一個全世界最好的奶奶。連小慧也這麼說。小慧還曾經說過好想和我交換奶奶呢。小慧的奶奶很可怕，脾氣超壞，又超不講理，每次她一駕到，小慧說他們全家個個都想離家出走。小慧還說，在她小時候還以為全天下的奶奶都是那樣的，直到後來看到我的奶奶，才恍然大悟原來她是運氣不好碰上一個超級麻煩的。我則是和小慧有著完全相反的感受，我本來也以為所有的奶奶都和我的奶奶一樣好、一樣可

愛，後來每次聽小慧說她的奶奶種種令人發瘋的恐怖事蹟，我也總是聽得目瞪口呆。

唉，真希望奶奶能再醒過來啊……

不知道過了多久，我突然被一陣門鈴聲驚醒。

我跳起來，發現自己剛才是躺在沙發上。

客廳裡一個人也沒有。

奇怪，大人都跑到哪裡去了？我又怎麼會躺在這裡？

門鈴還在響。

我走過去，貼近貓眼一看，意外看到外面站著一個卡通人，就是那

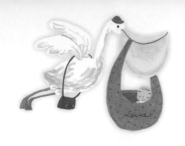

種在迪士尼樂園裡頭裝扮成米老鼠和唐老鴨的卡通人。只是我一下子沒想起來現在站在外面的是哪一個卡通人物，這傢伙看上去雖然是一隻大鳥，但是和芝麻街裡頭的那隻大鳥很不一樣，這傢伙是白色的，頭上戴一頂紅色的鴨舌帽，身上還斜背著一個紅色的小包包，看起來很像卡通片裡頭的郵差。

我覺得很奇怪，以前我只在什麼樂園啦遊樂場啦百貨公司啦大街上啦看到過這種卡通人，還從來不曉得卡通人會跑到人家家裡來按門鈴。

「請問你找誰？」我大聲問道。

「我找小琦。」大鳥一開口，我才發現這個卡通人是女生裝的，聲

音還滿好聽的。

　　我一下子想到「小齊」、「小琪」、「小奇」等好幾種「小ㄑㄧ」，
反正都覺得很陌生，就說：「這裡沒有這個人，你找錯了。」

　　卡通人「喔」了一聲，馬上又問：「那──江文琦呢？」

　　她這一問，可把我嚇了一跳，因為這是奶奶的名字。

　　原來是奶奶的朋友。

　　我趕快開門。

　　這個卡通人也不算太大，應該也就比我高兩個頭不到吧，奇怪的是，現在就算我和她面對面，應該看得很清楚了，我卻還是看不清她的頭套，也看不出她的戲服接縫在哪裡，她看起來還真像一隻活生生的大鳥，非常逼真。

　　我還在考慮接下來該如何措辭，卡通人望著我，親切地問道：「妳是江文琦的女兒吧？妳和她以前長得好像。」

　　以前？我心想，是指小時候嗎？

　　「我是她的孫女。」

　　「孫女？」卡通人的眼睛眨了幾下，又直又長又黑的嘴巴也動了幾

下，驚呼道：「我的天！那就是說已經過去很久很久了？」

　　「我不知道妳是要從什麼時候開始算起。」我看著卡通人，猜想在戲服和頭套裡的人會是什麼樣子，更納悶她究竟是奶奶在什麼時候、什麼地方認識的朋友。

　　卡通人認真地想了一想，「嗯，應該是要從小琦七、八歲的時候開始算起，那是多久啦？」

　　我迅速心算了一下，「那起碼是七十八年以前的事啦。」

　　「七十八年？」卡通人又大呼一聲，似乎是不敢相信，「怎麼會已經過去了這麼久啊！」

「請問您是她的小學同學嗎？」

雖然我嘴上這麼問，但我心裡其實是很難相信；因為，如果真是這樣，那她豈不應該是一個老太太？不僅聲音不像老太太，而且哪裡會有老太太來裝卡通人啊？

結果，她說：「哦，不是小學同學，我是送子鳥。」

「什麼？」我以為自己聽錯了。

「送子鳥呀。」她的口氣一派天真，還自我介紹起來，「我叫作吉兒。」

「送子鳥不是只有在卡通裡才有的嗎？」我覺得心裡一團迷糊。

吉兒卻笑著說：「可是只要有小朋友相信，我就會存在，難道妳不相信嗎？」

　　「我──我妹妹相信──」

　　在這麼說的同時，我想起在我小的時候，確實曾經深信過我是由送子鳥叼來的……不過，我還來不及再多想下去，腦海中就已經升起另外一個大大的問號。

　　「那妳的意思是──」我吃驚得連連後退，「妳的意思是──妳真的是一隻鳥？不是人裝的？」

　　「沒錯啊，都說了我是送子鳥嘛。」

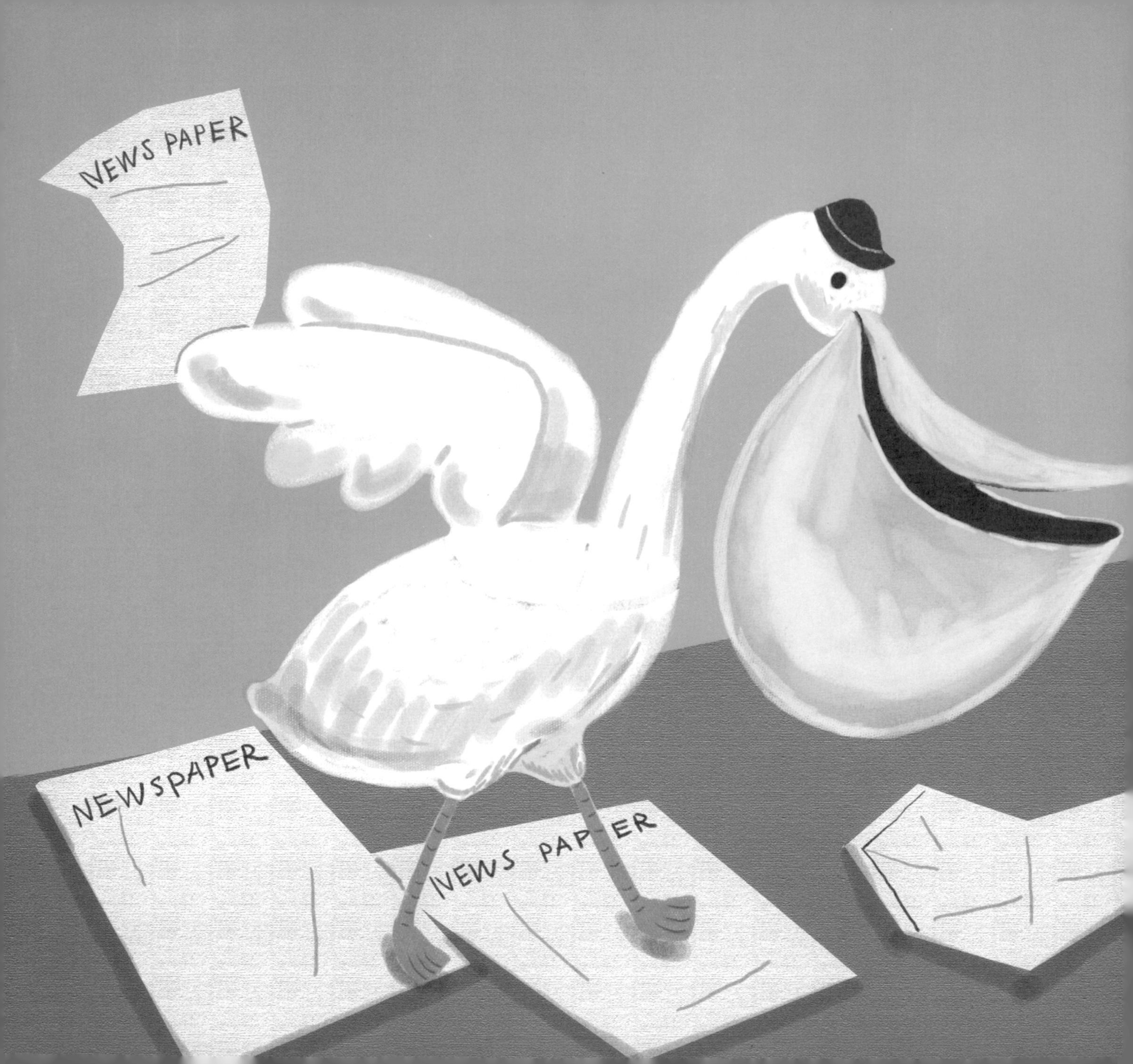
NEWS PAPER
NEWSPAPER
NEWS PAPER

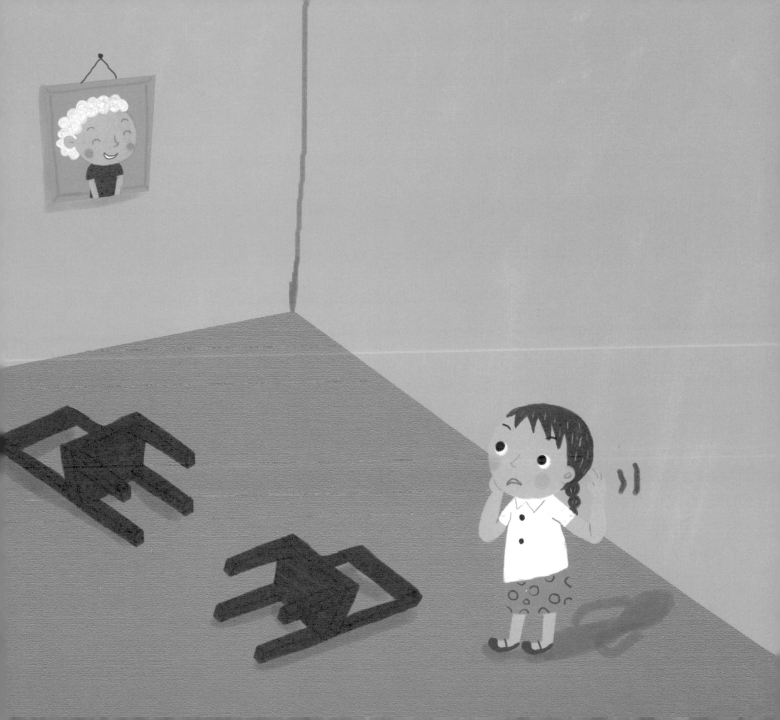

一聽她這麼說，我馬上控制不住的尖叫，轉身就跑！

就在我跌跌撞撞地從玄關一路逃進客廳，猛一回頭，卻赫然發現這傢伙居然也像屁股著火似地，慌慌張張地跟在我後頭跑了進來！一邊跑，一邊還不時回頭張望，哇哇亂叫：「什麼東西！什麼東西在我後面！」

這可真把我給搞糊塗了。

「喂！」我衝著她大叫一聲：「妳幹什麼呀！」

「有什麼可怕的東西在我後面啊？」她還在頻頻回頭，一副飽受驚嚇的樣子，翅膀撲騰撲騰的，把客廳桌上的報紙弄得亂七八糟。

我只好趕緊安撫她：「拜託妳的翅膀別扇了，沒有啦！」

「沒有？」她不放心地又看了兩眼，這才慢慢鎮定下來，看著我，奇怪地問：「那妳剛才幹麼要尖叫啊，害我還以為是出現了什麼可怕的東西呢。」

我覺得啼笑皆非，「我就是被妳嚇了一大跳啊。」

「我？」她一臉無辜，「我有什麼可怕？」

「妳太高啦，我從沒看過這麼高、這麼大的鳥。」我老實地告訴她。

她居然笑了起來，「我才不高呢，我們送子鳥一般都有三公尺高的。」

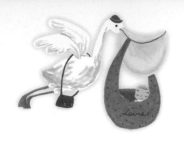

「三公尺？」我實在很難想像，「就是——三百公分？」

「是啊，要不然我們怎麼可能運送牛寶寶、象寶寶之類的啊，不過我是只有一百七十公分。」

「那也夠高的了。」

「還好啦。」

瞧她總是笑咪咪的，眼睛總是瞇成一條縫，那麼和善，漸漸地我也不怕了。

「剛才妳好像說妳叫作吉兒？是吉祥的吉嗎？」我仔細地看著她，心想我一定是全班唯一看過送子鳥的人。

「對啊，妳怎麼知道？妳呢？妳叫做什麼？」

「我是隨便亂猜的，因為我的名字也帶個『吉』字，就是吉祥的吉，大家都叫我小吉，這是奶奶給我取的。」

「對了，妳的奶奶呢？小琦呢？我想和她說說話可以嗎？我有一點事想問她。」

我的眼淚一下子就流了下來。

而當吉兒知道奶奶已經不在的時候，先是驚呼好幾聲「怎麼會！」，然後又搖頭晃腦地喃喃著「那怎麼辦？」，好像很苦惱。

這當然引起了我的好奇，於是我就問她怎麼回事。

「是這樣的，我們送子鳥在送出每一個寶寶之前，都可以在他身上播下一顆種子。小琦是我負責運送的第一個寶寶，我播下的種子是『愛』，當時很多朋友都笑我，說這顆種子早就已經不流行了，說我應該選擇別的種子，像什麼『精明』、『漂亮』、『野心』之類，說那些種子比較容易讓一個人幸福——」

「才不是呢，」我忍不住打斷道：「奶奶常說有愛心的人最幸福，她就常常說覺得自己很幸福。」

吉兒很高興，「是啊是啊，她會這麼想就是因為我給她選了一顆好種子啊。我們播下的種子，通常在寶寶的童年時期就會發芽，我們要觀

察寶寶的童年，寫一份報告，報告通過了，就會有下一個運送寶寶的機會，而如果報告寫得好，成果就有機會獲得推廣。我在寫報告的時候，想到一個問題，很想來問問小琦，沒想到——」

「咦，等一下！妳先告訴我，妳送過幾個寶寶？不會只有一個吧？」

「不好意思，到目前為止是只有一個。」

「因為妳的報告一直沒交？」

吉兒好像臉紅了，尷尬地說：「呃——因為我寫東西很慢。」

「老天爺！那也太慢了吧！如果妳能早一點交報告，再多送幾個寶寶，也許早就世界和平啦！奶奶常說現在世界這麼亂，就是因為大家都太沒愛心了！」

「怎麼辦？那我現在是不是連這唯一的一份報告都完成不了了——」

「妳先說說看妳的問題吧，妳本來想問什麼？也許我可以幫妳。」

「我想問她，在她童年的時候有沒有幫助過陌生人？」

「為什麼要問這個？」我很納悶。

「指導老師說，我的報告只提到小琦對家人、對鄰居很有愛心，沒提對陌生人也有愛心，可是對陌生人也能有愛心這一點又非常重要，所

以希望我補充，而我的原始筆記沒記到這些，才只好來問小琦。」

「那怎麼辦——哎呀，我想起來了！」我突然感到靈光一閃，「我記得奶奶曾經說過，她在小的時候救過一個小孩子，而且好像還是一個原本跟她並不熟的小孩，這應該可以算吧？」

「真的？那太好了？」吉兒精神一振，「這是什麼時候的事？」

「就是她小時候。」

「在她幾歲的時候？」

「幾歲？——嗯，讓我想想——我記得奶奶說過比我現在還小，那應該是在她七、八歲的時候吧。」

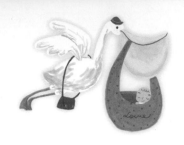

「那當時的詳細情況呢？」吉兒已經掏出紙筆，好像準備要大記特記。

可惜我實在沒有什麼更詳盡的資料可以提供，「詳細的情況我也不大清楚啊，真抱歉！」

吉兒想了好一會兒，「唉，不行，這樣我還是沒辦法寫—— 看來只有再回去看看了。」

我立刻豎起了耳朵，「什麼？妳說什麼？再回去看看？這是什麼意思？」

「就是回到小琦小時候去看看。」

「真的？」我跳起來，「我也要去！」

「不過只能待一下子，不能待太久。」

「一下子也好，拜託拜託，帶我去吧！」

我好興奮，我馬上就要成為全班唯一一個騎過送子鳥的人！……

然而實際的情況和我想像得不大一樣。我沒騎太久，彷彿才一眨眼的工夫，我們就降落在一片甘蔗田裡。

哇，原來甘蔗田就是這個樣子！以前我只在電影裡見過呢，感覺好新鮮也好奇妙。

「這裡一定就是在奶奶家附近吧。」我記得奶奶說過,在她小的時候家裡曾經種過甘蔗;其實他們家本來是種稻米的,不過那個時候是日據時期,日本人認為蔗糖的經濟價值比較高,就要大家改種甘蔗,大家不敢不聽。

我之所以對這些事情有印象,是因為還記得聽奶奶說過她小時候很怕甘蔗田,因為甘蔗都很高,走在甘蔗田裡常常都是提心吊膽,生恐從甘蔗田裡會突然竄出什麼怪東西。

這麼一想,我也開始覺得有一點害怕。不過幸好我不是一個人,我是跟吉兒在一起。

吉兒告訴我：「喏，小琦家就在前面。」

　　走著走著，我突然有了一個想法。

　　我停下來，轉身對著吉兒說：「我知道為什麼妳會沒有奶奶對陌生人也有愛心的資料了！」

　　「哦，為什麼？」

　　「因為這個時候她的生活裡根本難得有什麼陌生人嘛！我記得奶奶說過，在她小時候，附近鄰居都很熟，大家經常來來去去，和我們現在住在公寓的情形完全不同。」

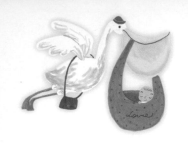

　　吉兒歪著腦袋想了一會兒，「對喔，我怎麼沒想到這一點——看來我真是待在書房裡太久了，都有點傻傻的了。」

　　「沒關係，」我又有新點子了，「現在我不是來了嗎？我不就是陌生人嗎？所以，只要我去找奶奶，讓她對我有愛心，妳的報告就可以交啦，愛的種子也可以再度流行起來！」

　　「對呀！好主意！」吉兒也很高興，「現在是在小琦小時候，她從來沒見過妳，妳當然是陌生人！」

　　正當我在得意自己的腦筋動得快的時候，一件小事忽然從腦海浮現了出來——我想起有一次在看卡通的時候，影片上一出現送子鳥，奶

奶曾經冒出過一句「奇怪，我怎麼覺得我好像看過這種大鳥？」，所以——這是真的了？就是因為我和吉兒的到來，才在奶奶的記憶中留下了一些印象？那麼，奶奶是在什麼時候看到吉兒的呢？……

想著想著，一聲尖叫嚇跑了我所有的思緒，於此同時，我看到一個小小的身影——應該說是背影——正拔腳狂奔，迅速逃走！

我望望身後的吉兒，立刻就知道是怎麼回事。

大概是因為有了一次經驗，吉兒自己好像也明白了，無奈地嘆了一口氣，「又是因為我？」

「那當然，像妳這麼大的鳥，真的很少見啦！要不然這樣吧——」我提議道：「乾脆妳先躲一躲，我去幫妳調查一下，再把情況告訴妳。」

吉兒想想，點點頭說：「也好，可是妳得趕快，像這樣的回溯調查，時間都很有限，我們不能在這裡待太久。」

「知道了，那我現在就去。」說著，我朝吉兒揮揮手，就徑自朝前走去。

走了幾步，聽到吉兒還在我身後叮嚀著：「小心一點啊，千萬不能說太多，尤其是不能告訴她妳們之間的關係啊，否則觀察報告就不算數了。」

「放心吧。」我很有信心，相信自己一定能把這件事辦成。

很快地，我一走出甘蔗田，就看到一棟破破的三合院。門前空地有好幾堆甘蔗，有的是削好的，有的是還沒削的。就在一堆甘蔗後面，有一個小腦袋突然冒出來，又飛快地躲下去。

　　我明白了，她是在偷看哪。

　　我正想走過去，從甘蔗堆後面爆出一聲尖銳的叫聲：「不要過來！」

　　我愣了一下，馬上停住腳步。

　　那個稚嫩的聲音又叫：「要是妳再過來，我就放狗咬妳喔！」

　　這可真把我給嚇死了，立刻急得大叫：「不要不要！我不是壞人啊！」

那個小腦袋慢慢探了出來。一看到那張滿月臉和肉乎乎的鼻子，我馬上就可以斷定，她──一定就是小時候的奶奶準沒錯！只不過，現在她一張小臉看起來好凶，這一點和奶奶不像，我可是從來沒看奶奶凶過人的。

「那妳是誰？」她瞪著我，凶巴巴地問道。

奇怪，現在她明明比我小，為什麼會這麼凶啊。

「我──我是陌生人──」

她一聽，小手馬上舉起一根木棍揮舞了兩下，更凶地叫著：「陌生人休想進我們家！」

「好吧好吧，那我不是陌生人—— 我叫作小吉，我是特別來看妳的。」

「看我？為什麼要來看我？我又不認識妳。」

「可是我認識妳啊，妳叫作小琦，對吧？」

她的眉毛一揚，眼睛睜得大大的，顯然是十分驚訝，「妳怎麼會知道我的名字？」

「這個這個——」我一時也不知道該如何胡扯，轉念一想，只好隨口說：「對了，我們是親戚，我是專程來看妳的。」

我又強調一次，想要盡量表現出善意。

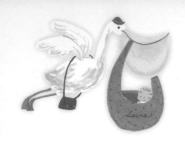

這回，她總算不像剛才那麼凶了，也敢從甘蔗堆後面走出來了，只不過還是非常疑惑，「我不記得見過妳啊——妳穿的衣服好奇怪！」

我低頭看看自己身上印有米老鼠的 T 恤和牛仔褲，再看看穿得非常破舊還打著赤腳的她，心想在她眼裡我確實像一個外星人。

她用小手指著我，「妳衣服上那個東西是什麼？」

「妳是指這個嗎？這是米老鼠。」

「那又是什麼？」她一頭霧水，「我聽不懂！」

「就是一種老鼠。」

她笑了起來，「這怎麼可能會是一隻老鼠！妳是從哪裡來的？」

我告訴她，是台北。

「台北！哦，難怪！我知道台北和我們這裡很不一樣，台北好遠啊。」

突然，我靈機一動，「乾脆妳送我幾件衣服吧，這樣就可以表現出妳對陌生人的愛心。」

「我幹麼要這樣？」她的神情和口氣一下子又警戒起來，「而且妳剛剛不是還說妳不是陌生人？」

「哎呀，這個嘛，我──我──」我真不知道該如何解釋，狼狽得不得了，就在這時，不遠處忽然傳來一聲聲呼喚：「小琦，小琦！我們回來了！」

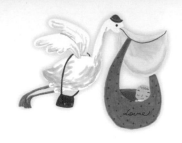

她的小臉馬上就樂開了花，「是我爸媽回來了！」

那還得了，我立刻拔腿就跑！

光是一個小鬼就已經把我弄得結結巴巴，難以應付了，再碰到大人我真不知道該怎麼辦，還是先溜之大吉吧。

我胡亂狂奔，正在盤算要不要再暫時先躲回甘蔗田，上方突然迅速出現一個巨大的陰影，一下子就把我整個人都蓋住了。我抬頭一看，原來是吉兒！

「快上來吧。」轉眼間她已經降落在我的面前，示意叫我趕快騎到她的身上。

「好像不大順利啊，是不是？」吉兒問道。

「是啊，簡直是一塌糊塗！妳叫我不能老實告訴她，我就不知道該怎麼說了。一開始更糟，她還差一點要打我呢。」

「可能是因為她的小弟弟生病了，躺在屋子裡，她是為了要保護弟弟吧。」

「咦，妳怎麼知道她的小弟弟生病了？」

「我偷看到的。」

想想吉兒這番推測，我覺得很有道理。我想起在我小時候，有一次爸爸媽媽不在家，晚上外面陽台出現了怪聲，奶奶也是叫我在房間裡待

著，她自己則抓了根擀麵棍就跑出去察看，所幸後來只是虛驚一場，是一隻野貓弄出了那些動靜。爸爸媽媽回來後都說奶奶的膽子真大，但奶奶只是說她一定要保護我。

想到這裡，我提議道：「我們再回去偷聽一下吧。」

我們悄悄又潛回那棟老屋，剛貼近窗口，就聽見那個稚嫩的聲音在說：「我先看到那個奇怪的姊姊和一隻好大好大的鳥在甘蔗田裡，後來那隻大鳥不見了，那個奇怪的姊姊跑到我們家來，不知道要幹什麼，她還知道我的名字，跟我要衣服……」

唉，我居然成了「奇怪的姊姊」！

「後來我騙她說我們家有狗，說我要放狗咬她，她就嚇得跑掉了。」

聽她的口氣好像還挺得意的，不過——喂！好像也不是這樣吧！

「妳很乖，也很棒，是個好姊姊。」這是一個男人的聲音，一定是她爸爸。

她的媽媽也說話了：「好了，小琦，快幫我去削甘蔗吧，讓妳爸爸休息一下，爸爸累得很。」

咦，這個媽媽，有沒有在聽妳女兒說話呀。

不過她並不介意，關心地問：「爸爸怎麼了？」

「我們家的地可能要被徵收了，爸爸很煩。」

「什麼收？這是什麼意思？」

「小孩子別問這麼多了，剛才爸爸跟人家商量了很久，現在累得很。妳快去吧。」

小琦乖乖地走開了。我們繼續聽下去，但是聽了半天聽不大懂，反正那兩個大人——也就是奶奶的爸爸媽媽，也就是我的——我的誰啊？我也搞不清了——一直在唉聲嘆氣，大嘆日子難過，還罵了好幾聲「可惡的日本鬼子」。

我們又聽了一會兒，覺得沒意思，就離開了。

那天晚上，我什麼也沒吃，不過奇怪也不餓。

睡覺的地方很好玩，是在一棵大樹上。吉兒做了一個既溫暖又舒服的巢。

「妳做巢的動作倒是很快嘛。」我開她玩笑。

她憨憨地說：「我就是寫報告慢，其他都還可以。」

幸好吉兒是一隻大鳥，巢自然做得很大，大到我都想在裡頭玩扮家家了。我挨著吉兒入睡，有她用翅膀護著我，我覺得很有安全感。

這棵大樹鄰近一座湖，湖本身並不大，但是湖水很清，也很漂亮。

臨睡前，吉兒興致勃勃地說：「到底是在古時候，湖水好藍，裡頭

的魚一定很多，明天早上看我大顯身手，去抓個十幾條魚上來！」

我沒多搭腔。我還在煩惱到底該怎樣讓奶奶表現出對陌生人的愛心？——而且，既然她都已經認定我是「奇怪的姊姊」了，我還能取得她的信任，還能接近她嗎？

第二天一早，我是被吉兒推醒的。她一邊推，一邊悄悄說：「快起來，小琦在下面。」

我揉揉眼睛，坐起來。剛把腦袋探出鳥巢，果然就看到了小琦。她正仰著頭，專注地盯著鳥巢，臉上有一種在研究什麼的表情，只是當她一看到我，明顯地嚇了一大跳，臉上的表情一下子就變了，好像有一種

說不出的驚訝，又有一點害怕，緊接著她馬上就跑掉了。

「喂！妳別跑啊！」我朝她叫著：「我真的不是壞人啊！」

「不過妳是怪人啊，」吉兒說：「大概是看到怪人也是要跑的吧！」

「那怎麼辦？那我還怎麼完成任務？」

「要不──我們就回去吧──」

「等一下，」我不甘心，「讓我再想想──」

我的話還沒說完，忽然一顆石頭飛來，從我們中間飛過，差一點就打中了我，也差一點就打中了吉兒！

我們都大吃一驚，本能地趕緊趴下來！

底下有好幾個小孩的聲音在嚷嚷著。

「好可惜！只差一點點！」

「再來再來！加油！」

「趕快補充子彈！」

我小心翼翼地探出一看──不得了，下面有好幾個小鬼，正虎視眈

眈、興奮莫名地盯著我們哪！

真是的，不管在什麼時代，都會有這種臭男生！

說時遲、那時快，一顆石頭又朝我飛過來，我趕快縮了回來。

「我們被包圍了！」我告訴吉兒：「奇怪，哪裡跑來這麼多小鬼，難道──難道是──」

　　「難道是小琦叫他們來的？」吉兒接口道，可是她的口氣同樣充滿了懷疑。

　　如果是這樣，那可真是太糟糕了！

　　小琦應該不會這樣吧？──

　　就在這時，我們又聽到一個聲音──

　　「別這樣，上面是我親戚！」

　　咦，這聲音聽起來非常耳熟！我迫不及待、不顧危險地又把腦袋探

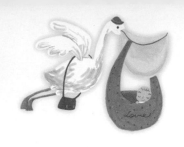

出來往下一望——

果然是小琦！

她也看到我了，立刻朝我揮手：「小吉，小吉！」

我好驚喜，她居然還記得我的名字！

那些臭男生當然都很驚訝，紛紛對小琦七嘴八舌道：「妳哪來的什麼親戚？怎麼看起來那麼奇怪！還跟一隻那麼大的鳥在一起，我們從來沒看過這麼大的鳥！」

「她是從台北來的。」

真沒想到她會這麼說。

那些小鬼一聽，似乎更驚奇了。其中一個小鬼讚嘆道：「我只聽人家說台北有什麼自來水，還有好多我們這裡沒有的東西，我不知道居然還會有這麼大的鳥！」

　　「台北的老鼠也和我們這裡的不一樣。」小琦補充道。

　　「我們趕快找人來看看吧！」一個小鬼提議。

　　其他幾個小鬼馬上響應，「對呀！我們快找人來看！」

　　他們叫嚷著，沒幾秒鐘的工夫就一哄而散！

　　我趕快從樹上爬下來，想向小琦道謝，可是當我朝小琦走過去的時候，她卻似乎不由自主地後退了幾步。

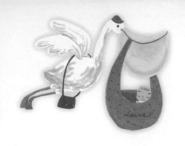

我有些詫異，「怎麼？妳好像還是很怕我？」

她點點頭，「妳看起來真的很奇怪。」

「那妳剛才為什麼要保護我們？」

「我不想再看到他們欺負小鳥——不，今天是大鳥——再說，就算妳很奇怪，也不應該被打——剛才我本來是想回去叫我爸媽，看到他們好像要過來，我不放心，所以又跑回來——妳們快走吧！」

我的心裡一陣感動，轉頭小聲地問吉兒：「怎麼樣？這樣可以了吧？依我看，她已經表現出對陌生人也很有愛心了，妳播下的那顆種子真的有用！」

吉兒也滿意地說：「嗯，她對陌生的動物也很有愛心，太棒了，我一定可以寫一份很棒的報告！」

我們這番交頭接耳，在小琦看來無疑是非常怪異的。

「妳們在嘰嘰咕咕什麼？妳怎麼會和鳥說話？這隻鳥又為什麼會說話？」小琦好像害怕得快要哭了。

我覺得很心疼，很想安慰她，但是——我到底該怎麼跟她說呢？……

漸漸地，我的意識陷入了模糊……漸漸地，我的眼前一黑……

當我恢復清醒，睜開眼睛的時候，一下子真搞不清楚自己到底身在

何處？過了好一會兒才意識到，我明明好端端地睡在自己的房間裡，妹妹則睡在我的旁邊。

原來我是做了一場夢？可是——為什麼夢裡頭的一切感覺上是那麼地真切？……

　　後來，我把這個夢告訴了媽媽，媽媽說，如果每個人在來到這個世界之前，都能被播下一顆愛的種子，那倒是一件很好的事，因為，只要有愛心，就能激發我們去做很多好事，而且，能對陌生人也懷有愛心，確實是一種很高尚的行為。

不過，另一方面，我老實跟你說，我常常會有一種連我自己也知道是很離奇的想法——我總覺得那不像是一場夢——我總覺得我好像真的碰到過一隻送子鳥，也真的去過奶奶的童年⋯⋯

　　「那就讓我們看看這個世界有沒有在慢慢變好吧。」媽媽這樣告訴我。

國家圖書館出版品預行編目資料

遇到一隻送子鳥／管家琪著；米力圖 . -- 初
　　版. -- 台北市： 幼獅, 2009.04
　　　　面；　公分. --（新High兒童 . 童話館：
　　6）

　　　ISBN 978-957-574-724-4（平裝）

　859.6　　　　　　　　　　98000702

‧ 新High兒童 ‧ 童話館6 ‧

遇到一隻送子鳥

作　　者＝管家琪
繪　　圖＝米　力
編　　輯＝林泊瑜
美術編輯＝裴蕙琴
出 版 者＝幼獅文化事業股份有限公司
發 行 人＝李鍾桂
總 編 輯＝劉淑華
總 公 司＝10045台北市重慶南路1段66-1號3樓
電　　話＝(02)2311-2836
傳　　真＝(02)2311-5368
郵政劃撥＝00033368

門市：幼獅文化廣場
●台北衡陽店：（10045）台北市衡陽路6號
　　電話：(02)2382-2406　傳真：(02)2311-8522
●松江展示中心：（10422）台北市松江路219號
　　電話：(02)2502-5858轉734　傳真：(02)2503-6601
●苗栗育達店：（36143）苗栗縣造橋鄉談文村學府路168號（育達商業技術學院內）
　　電話：(037)652-191　傳真：(037)652-251

印　　刷＝祥新印刷股份有限公司　　　幼獅樂讀網
定　　價＝250元　　　　　　　　　　http://www.youth.com.tw
港　　幣＝83元　　　　　　　　　　e-mail：customer@youth.com.tw
初　　版＝2007.4
書　　號＝987178
Ｉ Ｓ Ｂ Ｎ＝978-957-574-724-4

幼獅文化公司／讀者服務卡／

感謝您購買幼獅公司出版的好書！

為提升服務品質與出版更優質的圖書，敬請撥冗填寫後（免貼郵票）擲寄本公司，或傳真（傳真電話02-23115368），我們將參考您的意見、分享您的觀點，出版更多的好書。並不定期提供您相關書訊、活動、特惠專案等。謝謝！

基本資料

姓名：_____先生／ 小姐

婚姻狀況：□已婚 □未婚　職業：□學生 □公教 □上班族 □家管 □其他

出生：民國_____年_____月_____日

電話：（公）_____（宅）_____（手機）_____

e-mail：_____

聯絡地址：_____

1.您所購買的書名：　**遇到一隻送子鳥**

2.您通常以何種方式購書?：□1.書店買書　□2.網路購書　□3.傳真訂購　□4.郵局劃撥
　　　　　　（可複選）　　□5.幼獅門市　□6.團體訂購　□7.其他

3.您是否曾買過幼獅其他出版品：□是，□1.圖書　□2.幼獅文藝　□3.幼獅少年
　　　　　　　　　　　　　　　□否

4.您從何處得知本書訊息：□1.師長介紹　□2.朋友介紹　□3.幼獅少年雜誌
　　　　　（可複選）　　□4.幼獅文藝雜誌　□5.報章雜誌書評介紹_____報
　　　　　　　　　　　　□6.DM傳單、海報　□7.書店　□8.廣播(　　　　　　)
　　　　　　　　　　　　□9.電子報、edm　□10.其他_____

5.您喜歡本書的原因：□1.作者　□2.書名　□3.內容　□4.封面設計　□5.其他

6.您不喜歡本書的原因：□1.作者　□2.書名　□3.內容　□4.封面設計　□5.其他

7.您希望得知的出版訊息：□1.青少年讀物　□2.兒童讀物　□3.親子叢書
　　　　　　　　　　　　□4.教師充電系列　□5.其他

8.您覺得本書的價格：□1.偏高　□2.合理　□3.偏低

9.讀完本書後您覺得：□1.很有收穫　□2.有收穫　□3.收穫不多　□4.沒收穫

10.敬請推薦親友，共同加入我們的閱讀計畫，我們將適時寄送相關書訊，以豐富書香與心
　　靈的空間：
　(1)姓名_____e-mail_____電話_____
　(2)姓名_____e-mail_____電話_____
　(3)姓名_____e-mail_____電話_____

11.您對本書或本公司的建議：

10045　台北市重慶南路一段66-1號3樓

幼獅文化事業股份有限公司

客服專線：02-23112836分機208　　傳真：02-23115368

e-mail：customer@youth.com.tw

幼獅樂讀網http：//www.youth.com.tw